閱讀123

國家圖書館出版品預行編目資料

深夜的功夫奇遇記／林哲璋 文；BO2 圖 -- 第二版. -- 臺北市：親子天下, 2018.05 124 面；14.8x21公分. --（閱讀123） ISBN 978-957-9095-53-2（平裝）
859.6 107003579

閱讀 123 系列 —— 063

屁屁超人外傳：直升機神犬 1

深夜的功夫奇遇記

作　者｜林哲璋
繪　者｜BO2
責任編輯｜黃雅妮
美術設計｜蕭雅慧
行銷企劃｜王予農、林思妤

天下雜誌群創辦人｜殷允芃
董事長兼執行長｜何琦瑜
媒體暨產品事業群
總經理｜游玉雪
副總經理｜林彥傑
總編輯｜林欣靜
資深主編｜蔡忠琦
版權主任｜何晨瑋、黃微真

出版者｜親子天下股份有限公司
地址｜台北市 104 建國北路一段 96 號 4 樓
電話｜（02）2509-2800　傳 真｜（02）2509-2462
網址｜www.parenting.com.tw
讀者服務專線｜（02）2662-0332　週一～週五：09:00~17:30
讀者服務傳真｜（02）2662-6048
客服信箱｜ parenting@cw.com.tw
法律顧問｜台英國際商務法律事務所・羅明通律師
製版印刷｜中原造像股份有限公司
總經銷｜大和圖書有限公司　電話：（02）8990-2588

出版日期｜2016 年 7 月第一版第一次印行
2023 年 6 月第二版第十五次印行
定　價｜260 元
書　號｜BKKCD106P
ISBN ｜978-957-9095-53-2（平裝）

屁屁超人外傳
直升機神犬1

深夜的功夫奇遇記

文 **林哲璋**　圖 **BO2**

目次

深夜的新夥伴

話說神祕國度的神祕小鎮裡，有個神祕小學，神祕小學裡的小學生，集體養了一隻神祕的校犬，名叫「直升機神犬」。

取這個名字是因為牠有項特異功能——尾巴一轉，就能像直升機一樣飛上天去。

而且，牠時常吃下「屁屁超人」給的「神奇番薯」，因此偶爾也可以放出「狗臭屁」，用超級無敵「屁」動力，像噴射機一樣「咻」的飛向目的地。

白天，校園裡有很多小學生和直升機神犬作伴，放學後，直升機神犬只能自己待在校園裡，等待明天一大早，那些疼愛牠的小學生陸續進校園。

然而，神祕小學的夜晚，也是神祕的……

身為神祕小學的校犬，直升機神犬不能白吃白喝不做事。

夜晚，牠巡邏校園，讓小偷不敢隨意進校園偷東西。

上次，就有一名不知天高地厚，也不知「校犬屁臭」的小偷，明目張膽爬牆進校園，企圖偷東西。想不到腳才落地，他就被叼了起來，「轟轟轟」一陣直升機螺旋槳般的風切聲大作，直接被送進了警察局。

POLICE
Lily cafe
POLICE
POLICE

直升機神犬威名傳遍四面八方，再也沒有大膽無知的小偷敢來神祕小學偷東西，師生們都覺得校園裡有了「直升機神犬」這樣厲害的校犬，真是學校的福氣呀！

直升機神犬雖然善盡了校犬的義務，但也正因如此，最近晚上都沒小偷可抓，獨自守在校園裡，實在是太無聊了。漫漫長夜，為了守護校園安全，必須保持清醒，不能好好睡覺（牠都利用白天學生上課或午休時間補眠）。就因為夜晚太清醒了，牠才會覺得——好無聊，時間過得好慢呀！

幸好，這樣孤獨的時光，就快要結束了，牠聽說神祕小學附設幼稚園裡新收留了兩隻貓咪，而且，今天第一次讓牠們留在學校過夜。牠滿心期待晚上有貓咪和牠作伴，不管是聊天也好，玩遊戲也罷，總之，不要讓夜晚那麼寂寞無聊就好。

等小朋友放學後，牠吃完小朋友剩下來、留給牠的便當，再把屁屁超人給牠的神奇番薯當作甜點，吃得精光。今晚牠少了點再次暫別小朋友的不捨，多了點準備認識新朋友的興奮。

畢竟白天牠待的神祕班教室離幼稚園有點遠，白天事情忙，又得補眠，根本沒時間跑去看看新來的貓咪。

直升機神犬趁著月色，來到幼稚園的遊戲區，突然，牠發現從秋千那兒射過來一道閃光，牠直覺有危險，立刻旋轉尾巴，往後飛了十幾步……

才剛降落，眼睛餘光就瞄到背後有十隻爪子抓過來，
眼看已經避不掉、躲不過了……

「轟!噗——!」沒辦法,直升機神犬連回頭的時間都沒有,立刻使出大絕招「狗臭屁」——牠向後放屁,轟走了背後來襲的爪子,還利用反作用力向前飛去,撞倒了前方來襲的兩道閃光。

只聽見「喵——嗚——」兩聲慘叫，直升機神犬的前面有一隻橘色虎斑貓被撞得唉唉叫痛，後頭有一隻白底黑斑貓被「狗臭屁」熏得口吐白沫……

「太……太……太臭啦！」受到「狗臭屁」攻擊的白底黑斑貓昏倒前，嘴裡還這麼喃喃唸著。

貓狗大戰

「小白……小白……」橘色虎斑貓急忙跑到白底黑斑貓旁邊，牠嚇得心臟都快跳出來了。牠一邊搖著同伴，一邊轉頭對直升機神犬說：「你這個兇手！」

直升機神犬這才發現突襲牠的是兩隻貓咪，心裡猜想牠們可能就是幼稚園收養的「園貓」，連忙道歉跟解釋：

「對不起，天色太

暗，我不知道是你們……不過，請放心，我的『狗臭屁』雖然臭，但你的同伴吸進鼻子裡的分量不多，應該沒有生命危險……」

「可惡！」橘貓氣憤難平，沒等直升機神犬講完，就撲向直升機神犬，牠三隻腳著地，一隻腳縮起來，大喊一聲：

「看我這招——『三腳貓』的功夫！」

「功夫？三腳貓？」直升機神犬還沒回過神來，小橘貓縮起來的那隻貓腿，已經直直的朝直升機神犬踢過來。

直升機神犬被小橘貓的怪異模樣嚇呆了，又擔心小橘貓腿縮起來——不知是不是因為剛剛那一撞受了傷。等牠注意到危險，小橘貓已經靠得太近，根本沒有閃躲的空間。於是，就這樣結結實實的被小橘貓的貓腿踢個正著——不偏不倚就踢在直升機神犬黑亮亮的鼻子上——把牠踢得呦呦叫，痛得哀哀叫。直升機神犬夾著尾巴，用兩隻前腳一直不停的撫摸腫起來的鼻子。

「這哪裡是功夫，簡直是偷襲嘛！」直升機神犬抱著鼻子抗議。

沒想到，小橘貓的攻勢還沒完，牠又用三隻腳站立，把一隻後腿縮起來，準備故技重施，再踢一次，牠一邊衝向直升機神犬，一邊大喊：「無——影——腳！」

這次直升機神犬學乖了，牠早有防備，正準備甩起螺旋槳尾巴抵擋，卻突然覺得屁股一直被踢……

「咦！」直升機神犬覺得奇怪：「小橘貓明明距離我還有好幾步，牠的腿那麼短，怎麼可能越過我，一直踢我屁股……難道，牠的腳真的是『無影』腳？」

正在納悶時，直升機神犬臉上又中了一腿。牠倒退了好幾步，一個大轉身，才發現了「無影腳」的祕密——剛剛踢牠屁股的不是小橘貓，而是白底黑斑貓「小白」的腳，原來小白老早就醒來了，卻故意裝睡，趁直升機神犬不注意時偷襲。

「可惡！」直升機神犬見兩隻貓咪不問青紅皂白，見了牠就開打，再也忍不住了，決心一較高下，用「勝利」停止這場戰鬥……

牠將螺旋槳尾巴的動力發揮到最強，轉出巨大旋風，把兩隻貓咪吹得東倒西歪，站都站不穩。

最後再發出一招「神龍擺尾、神犬甩尾」，用尾巴把兩隻貓咪掃倒在地。

「別打了，停手吧！」直升機神犬要兩隻貓咪趕快認輸。

三腳貓的功夫

什麼？
抓抓

「哼！」白貓和橘貓掙扎著從地上爬起來，仍不服輸：

「我們還沒有使出『三腳貓』功夫最厲害、最上乘的絕招呢，看招！」說完，兩隻貓咪一齊用三隻腳站立，同時抬起一隻後腳，並且，一起射出……貓尿！

直升機神犬不知竟有這麼一招，冷不防被兩道貓尿迎面噴來，淋了滿頭，臭得牠往後滾了好幾圈。

白貓和橘貓想乘勝追擊，分頭攻來。

然而，直升機神犬以「迅雷不及掩耳，尖叫不及張嘴，逃走不及夾尾」的速度，旋轉尾巴，飛上天去。

「貓尿臭死了！」牠在天上一邊甩去尿水，一邊氣呼呼的說：「可惡，你們倆隻『班門弄斧』的貓，竟然笨到『孔子面前賣文章，小狗腳邊作記號』！讓我教你們這招應該怎麼使吧！」

說完，直升機神犬在空中熟練的抬起一隻後腳，噴出消防水柱一般的狗尿，射向兩隻貓咪……

「什麼！救命啊！」兩隻貓咪雖然被這「以牙還牙，以眼還眼，以尿還尿」的招式嚇到，但貓咪天生反應敏捷，牠們倆一個往左避，一個向右逃，躲開了直升機神犬的第一擊（第一泡尿）。

「注意了！」直升機神犬這下子真的生氣了，牠準備使出進階版的「三腳犬」尿尿神功，牠旋轉螺旋槳尾巴，把尿出來的狗尿，用螺旋槳尾巴拍打出去，就像霰彈槍射出來的霰彈，又像漫天飛雨。

狗尿散成的雨滴，籠罩在兩隻貓咪的頭上……

最後，白貓和橘貓被淋成了落湯貓，愛乾淨的牠們哪裡受得了，於是，宣布投降，向直升機神犬求情，讓牠們去洗手臺，好好清洗一番。

「當然沒問題，因為我也要洗！」直升機神犬見兩隻貓咪收手，也不再為難牠們，反而幫牠們清洗身上的尿味，順便也洗掉自己身上的貓尿。

「你們知道為什麼這招尿尿神功會叫『三腳貓』嗎？」直升機神犬以老大哥的姿態告訴兩隻貓咪：「那是因為這招是狗兒專用的功夫，不是貓咪用的。你們貓咪用這招，姿勢難看，效果微弱，和狗兒對戰，反而對自己不利，所以，人類形容一個人功夫沒有學到家，就叫『三腳貓的功夫』！」

「原來如此，受教了！」兩隻貓兒對直升機神犬深表佩服，異口同聲說：「原來我們學錯了功夫，下次不會再用這招了。」

「對了！」直升機神犬覺得眼前這對貓兄弟，不再存有敵意，便開始好奇的提出疑問：「我跟你們無怨無仇，為什麼見了我，二話不說，就攻擊我？」

「不是有一句話說：『不打不相識』嗎？」小橘貓歪著頭說：「我們想認識你，所以就『打』你囉！」

「什麼？不愧是幼稚園的園貓，學東西果然常常出錯呀！」直升機神犬無奈搖了搖頭、聳了聳肩說：「讓狗哥哥教你們吧！『不打不相識』的『打』在古代可能是打架、打人，可是，現代文明國家認識朋友都是『打』招呼、『打』手機或『打』電腦交流的，打架已經不流行啦！」

「原來如此，失禮！失禮！」小白貓抓了抓頭說：「您真是博學多聞，我們多有冒犯！請您多多原諒哪！」

「哪裡！哪裡！沒關係！誰叫我是小學部的寵物呢！難免懂得多一些！」直升機神犬被誇獎之後，覺得飄飄然：「對了，你們怎麼會擁有這身好功夫呢？」

兩隻貓咪笑著說：「幼稚園小朋友跟我們玩耍的時候，都會把我們抱起來，拉著我們的前腳，玩拳打腳踢的功夫遊戲。我們玩著、玩著，玩久了，就學起來了。有一位幼稚園的小朋友，家裡是開武術館的，他教我們打起拳來，很有架勢呢！」

廚房的聲響

直升機神犬和「不打不相識」的貓兄弟，洗完了澡，坐在月光下等夜風吹乾。

橘色虎斑貓「小橘」和白底黑斑貓「小白」，兩個不忘練習小朋友教他們的拳法。

「看拳！」除了小朋友教的拳法，牠們還自創新拳法，從平常「吃完飯後，都會用拳頭洗臉」產生出的靈感，創造了——「喵喵洗臉拳」。

如果有任何武器、暗器或是拳腳往牠們的頭部攻來，牠們都可以用「喵喵洗臉拳」擋下來。

小白興致一來，還示範了「招財貓爪功」——不管是鐵器、塑膠，還是紙類，任何可以回收賣錢的暗器，「招財貓爪手」都能接住沒收。

「佩服！佩服！」直升機神犬這時才發現，原來不只神祕小學「神祕班」小朋友的超能力厲害，貓咪努力練習的「拳腳功夫」也不差，害牠也好想練練看。

「你們為什麼要練功夫呢？」直升機神犬好奇的問。

「練好功夫才可以保護可愛的小朋友呀！」小白和小橘覺得直升機神犬多此一問：「您待在這裡不就是為了把壞人趕走，讓校園安全嗎？」

「是呀！是呀！」直升機神犬看兩隻貓咪個頭雖小，但

志氣很高，忍不住欽佩起牠們，勉勵起自己來了。

牠們身上的水滴都還沒吹乾，校園裡就傳來了不尋常的動靜。

「咦！奇怪了！」直升機神犬覺得怪怪的，照理說牠的威名早已傳遍整個小偷圈，嚇走所有壞蛋們，怎麼可能有人膽敢來挑戰牠「狗臭屁」的威力？

聲音從製作營養午餐的廚房那兒傳來，小白、小橘和直升機神犬很有默契的對望了一下，立刻躡手躡腳的往聲音傳來的方向奔去。

到了廚房窗戶邊，直升機神犬和兩隻貓咪把眼珠子轉換成夜視模式，六顆螢光眼睛同時往窗戶裡瞧去。

「吱吱！」一串黑影從廚房的門縫裡竄出。

「別跑！」兩隻貓咪「飛也似」的追上去，但直升機神犬可真的「飛」起來追，牠在半空中，把歹徒逃跑的方向看得清清楚楚。

貓咪在後頭追，直升機神犬決定衝到前頭去，來個前後包抄、頭尾夾攻。牠決心已下，眼一閉，牙一咬，屁股一用力，放出噴射狗臭屁，「咻——」的一聲就降落在那群歹徒之前，擋住去路，不讓脫逃。

那些心虛的宵小，一邊緊急煞車，一邊摀著鼻子喊：

「臭死我啦！」

貓咪隨後趕到，三隻校園保衛者仔細一看——從廚房裡心虛逃跑的竟是一列老鼠。

「可惡！」廚房裡的食物是明天小朋友的午餐，你們竟敢進去偷吃。

「別擋路！」這群鼠小偷竟然不約而同，用前腳抱著頭，又開始橫衝直撞、四處竄逃，牠們把校狗、校貓撞得東倒西歪。

帶頭的鼠老大得意洋洋的說：「哼！嘗嘗我們老鼠家傳武功——『抱頭鼠竄』神功——的厲害！這招專門用來躲避敵人，衝破包圍！」

果真，小白和小橘因為反應不及，被突然撞上來的老鼠們嚇了一大跳，而且老鼠抱著頭撞上貓狗柔軟的皮毛，因為有緩衝，完全不會痛，根本沒受傷。

還有一隻老鼠，露出了尖牙，直直的就朝小白的眼睛撞來，幸好小白反射性的使出「喵喵洗臉拳」，一掌就把老鼠撥開，否則後果不堪設想。

然而，老鼠們爆炸似的向四面八方竄逃，三隻校狗校貓根本不知道要怎麼追……

淡定貓小橘第一個冷靜下來，牠大喊：「洗澡先洗頭，擒賊先擒王！」

三隻貓狗決定一致往剛剛發號施令的鼠老大追去。

「別追我！」鼠老大高聲喊著：「今天我們又沒有偷到食物，食物都藏在冰箱裡，放在保鮮盒中，我們想吃都吃不到啊。」

「你們不愛洗澡，全身髒兮兮，又跑到廚房去碰鍋碗瓢盆。這樣會傳染細菌病毒給小朋友，害小朋友生病啦！身為校犬和校貓，我們不能坐視這種狀況不管，我們發誓一定要把你們趕出校園。」直升機神犬和兩隻校貓同仇敵愾，同心協力要把鼠輩們趕出去。

直升機神犬帶著小白和小橘一路追上去，可是鼠老大和其他老鼠分別鑽到樹洞，牆洞及地洞裡去了。

「可惡，光明正大的出來決鬥吧！」小白大聲喊著：「別躲躲藏藏！真是膽小如鼠！」

「沒錯！我們是老鼠，老鼠的膽子當然『小』得像老鼠！」鼠老大在牆洞裡作著鬼臉：「吱吱，別傻了，我們躲在這兒，不出來和你們打就不會落敗，不落敗就不會被你們抓走，不被你們抓走我們就可以繼續偷廚房裡的食物……」

「怎麼辦，若不把老鼠趕走，留牠們在學校，小朋友們的餐具和食物都會被污染呀！」淡定貓小橘見無計可施，急得不知該怎麼辦才好。

老鼠的盟友

「哈！現在你們抓不到我，而我的救兵就快來啦！」鼠老大躲在洞裡奸笑。

「來一隻吃一隻，來兩隻吞一對！」小白和小橘面對鼠老大，完全不懼怕，只氣抓不到牠。

「你們貓咪雖然傳說有九條命，但我的盟友可是從恐龍時代就留存下來的生物。連恐龍都撐不過大滅絕時代，而我的盟友仍然一代傳一代、越生越多呢！」

鼠老大話才出口，四面八方便飛來了黑鴉鴉的蟑螂大軍。

「哼！蟑螂？我們貓咪除了老鼠，最喜歡欺負的就是蟑螂！」只見小白和小橘，左一爪，右一掌，打下無數蟑螂，拍落一堆害蟲。

雖然小白和小橘的「貓爪功」和「喵喵洗臉拳」消滅不少蟑螂，可是水溝裡、垃圾桶中，源源不絕爬出的蟑螂，簡直就像黑暗的影子一樣，籠罩著整晚夜色。

小白和小橘雖然不怕蟑螂，可是，雙拳難敵六腳，幾根鬍鬚難敵千萬觸鬚。漸漸的，兩隻貓咪覺得力氣快要耗盡，戰鬥即將落敗。

直升機神犬雖然用尾巴打下了不少蟑螂，但是，被打飛的蟑螂不久又爬了回來；前頭的蟑螂被打昏，立刻就有後方的蟑螂補上位置。

邪惡的蟑螂陣式根本沒有動搖，依舊不停的向一犬雙貓襲來。

「再這樣子下去，只有死路一條。」

直升機神犬見情況緊急，不能再拖，立刻收起尾巴，翹起屁股，大喊一聲：「噴射狗臭屁！無敵殺蟲劑！」

接著衝入蟑螂大軍裡，像一罐巨大殺蟲劑似的四處噴出煙霧。

碰上「狗臭屁」煙霧的蟑螂，紛紛落地翻肚，個個口吐白沫，隻隻哀嚎震天。

隨著煙霧散去，校園裡的蟑螂撤退得無影無蹤。

小白和小橘後腳站立，前腳合掌，對著直升機神犬說：「佩服！佩服！神犬哥，你『狗拿耗子』的能耐不差，想不到『犬抓蟑螂』的功夫更是了得！」

「託屁屁超人的福，我這放屁的功夫不但多功能，而且是萬用款呢！幸虧吃了屁屁超人的神奇番薯，練成放屁神功，否則今天就要死在蟑螂腳下——丟性命事小，被恥笑事大！」直升機神犬欣慰的說。

鼠老大見到陣式被破，盟友落跑，急得命令同伴躲在洞裡，避戰不出。

直升機神犬卻想再接再厲、乘勝追擊，牠走向最近的老鼠洞，蹲下來，把屁股對準洞口，再一次使出無敵狗臭屁……

老鼠洞雖然分為樹洞、牆洞和地洞，可是「狡兔有三窟，奸鼠藏百洞」，這些老鼠洞彼此貫通，相互連接，直升機神犬朝一個洞口放屁，立刻每個洞都冒煙……

老鼠平常不洗澡，身上原本也很臭，應該不怎麼害怕臭味；可是，直升機神犬的狗臭屁充滿了老鼠洞，把氧氣都擠了出去，害老鼠們根本無法呼吸……

一大群老鼠統統被屁薰了出來，每隻老鼠一到了洞外，立刻大口吸氣，喘個不停。

小白和小橘捉住了鼠老大：「要不要投降？你發誓從此離開學校，不要再四處傳播病菌！」

「不……可……能！」鼠老大呼吸了新鮮空氣，恢復了精神體力，身子一扭，從小白和小橘的爪子裡滑了出去。

「油……」小白發現自己爪子裡全都是油。

「沒錯！」鼠老大逃到了安全的地方，回頭捻著鬍鬚說：「這是我鼠老大新創的絕招，名叫『滑鼠神功』！」

「可惡！真的很滑！」淡定貓小橘也覺得鼠老大這招太

令人意外。

其他老鼠們見老大這招奏效，趕緊如法炮製，都把地溝油抹在身上，每隻老鼠都變得油油膩膩、滑不溜丟……

小白和小橘的爪子天生就是用來抓老鼠的，竟還讓老鼠從爪子上溜走；直升機神犬那鈍鈍的狗爪子，就更不用說了。只見一犬二貓，被油滋滋的滑鼠神功耍得團團轉，搞得氣呼呼，不久，校貓校狗們就追得喘吁吁、變得軟趴趴了。

「怎麼辦？」直升機神犬和貓咪們你看我，我看你，不知如何是好。

「眼看就快要抓到了，竟然又被他們滑走……」激動貓小白氣得吹鬍子瞪眼睛。

「可惡！如果讓牠們逃走，學校小朋友的健康將遭受多大的威脅！一想到這裡，我心裡就毛毛的。」直升機神犬擔心的說。

「毛……毛……的？」淡定貓小橘個性冷靜，點子又多，牠聽直升機神犬這麼一說，立刻心生一計：「神犬兄、小白弟，快附耳過來！」

小橘把牠的計畫告訴了小白和直升機神犬，牠們聽了立刻行動。

小白和小橘開始抖身子，直升機神犬除了像甩水般的旋轉身上毛皮，還使出從前身上長虱子、養跳蚤時練成的「抓癢功」！

三隻校園寵物一邊抖毛，一邊抓癢，直升機神犬還加碼用螺旋槳尾巴把抖出的貓毛、狗毛吹向老鼠們，身上沾了油的老鼠，碰上漫天的狗毛、貓毛，立刻黏成一團團的毛球。

因為毛把油吸附了，老鼠現在一點都不滑了。校貓和校犬用「掉毛神功」破解了老鼠們的「滑鼠神功」，接著，開始一隻隻的收拾危害校園的老鼠，讓牠們再也不敢回到校園來。

小白、小橘和直升機神犬解決了老鼠嘍囉，正準備圍捕鼠老大。

小白發現鼠老大正站在樹下陰影裡……

校園警衛一犬二貓衝了過去，鼠老大竟避也不避，大喊：「哼！我的王牌還沒出呢！」

鼠老大話一說完，牠的背後就出現了長條狀的影子，影子好像還吐著舌頭，舌頭正不停的抽動……

那……那是一隻毒蛇！

小白和小橘都嚇了一大跳，直升機神犬雖然擁有放屁超能力，見了毒蛇，還是會心驚膽跳腳軟掉。

最後的決戰

「天哪，我們學校不但有老鼠，竟然還有蛇！鼠大王，你和蛇混在一起，不怕牠吃你嗎？」直升機神犬不敢相信老鼠和蛇竟然是同夥。

「哈！我平常會把從學校偷來的蛋分給我的蛇朋友吃，我還讓牠一起當老大，並且把我的窩分給牠住，所以人類才有一句成語叫：蛇鼠一窩！」

「沒錯，我們蛇鼠一窩住在一起，老鼠聽命於我，要是牠們

沒有帶食物回來孝敬我，我就挑一隻倒楣的老鼠吞下肚，作為處罰！而我的夢想是希望有朝一日能咬一口小朋友白白嫩嫩的小腿肚……

你們三個不知好歹，竟敢欺負我的房東鼠老大，我要吞了你們！」蛇老大說完話，溜了過來，用舌頭朝小橋的臉頰一直呼巴掌，害小橋的臉上濕漉漉、黏答答，滿頭全是蛇老大的口水。要不是直升機神犬出手救援，小橋應該會被蛇老大的口水淹死吧！

「哼！這『舔人神功』我也練過啊！平常我見到小朋友，就往他們的臉上舔，這招我可練得很熟呢！」只見直升機神犬伸出牠的長舌頭，和蛇老大的舌頭對打了起來，牠們的舌頭活像是兩件刀劍武器，正在短兵相接：一條砍橫的，一條劈直的；一個刺過去，一個擋下來……

「難怪人類有一句成語叫『脣槍舌劍』，舌頭真可以當刀劍來耍呀！」小橘看得傻眼，小白嚇到愣住。

蛇老大時時吐舌頭，直升機神犬天天舔小孩，兩隻動物鼓弄起舌頭上的功夫，真是平分秋色、半斤八兩。

「快，抓住牠！」小白和小橋想趁蛇、犬忙著用舌頭對決的時候，揪住蛇老大的身體。

「休想！」鼠老大擋住兩隻貓的去路，又使出「抱頭鼠竄」神功，抱著頭衝過來。

「這兒交給我，你去幫直升機神犬！」小橋一邊對小白說，一邊迎向鼠老大，牠學白鶴展翅張開前腳，後腳用力一蹬，躍上空中，張開後腳的爪子，一腳抓頭，一腳抓尾，把鼠老大緊緊捏在爪子裡。

「厲害！哥，你終於練成了結合白鶴拳、鷹爪功還有『喵喵洗臉拳』而創出的——貓頭鷹神功！」小白看見哥哥小橋使出完美的招式，忍不住讚嘆：「啊……小心！」

正當小橋驕傲的接受弟弟的讚美時，鼠老大的尾巴突然像鞭子一樣，打向小橋的後腦勺——小橋抓鼠尾巴的位置不對，讓鼠老大有了反擊的空間。

小白見有危險，立刻出聲警告！但想上前幫忙，卻趕不及了。

就在鼠尾巴再次將要打中小橘的後腦勺時，小橘的頭竟然一百八十度的轉了過來，牠張口一吞，用力一啃，牢牢咬住了鼠尾巴——痛得鼠老大哇哇大叫。

「哼！我這『貓頭鷹神功』最厲害的一招，就是貓頭最高能轉到二百七十度，完全可以防止來自後方的偷襲！」小橘一邊嚼著鼠尾巴，一邊解說。

見到小橘沒事，小白就能專心幫直升機神犬對付蛇老大了。

牠對蛇老大伸出貓爪，用力往蛇身一抓，想不到蛇老大竟然輕鬆的逃開，只留下一張薄薄的蛇皮在小白爪子上……

「想抓我？沒那麼簡單！」蛇老大一邊用舌頭和直升機神犬比劍，一邊譏笑小白說：「金蟬可以脫殼，我毒蛇也能脫皮呀！」不管小白怎麼抓，蛇老大總是可以用「脫皮神功」逃出牠的貓掌。

「你真的皮在癢！」小白氣極了，決定使盡吃奶的力氣，用力往蛇老大身上咬去。

蛇老大還來不及脫皮逃走，就被咬了一大口，牠痛得撇下直升機神犬，回頭用牠那像劍一般的舌頭刺向小白。

「又想用黏答答的舌頭攻擊嗎？」小白早有防備，決定使出渾身解數，秀出厲害絕招。牠從懷裡丟出了一把暗器，暗器一粒粒的飛向蛇老大，蛇老大用舌頭來擋，擋下來的暗器卻統統黏在舌頭上……

「哈！我這吸水性特強的貓砂，專治溼漉漉的招式和黏答答的武器！」小白得意洋洋的慶祝對手中招，沒高興多久，滿嘴貓砂的蛇老大突然衝上前，小白正想要迴避，卻差了千分之一秒——蛇老大咬住了牠的尾巴！

「危險！有毒呀！」直升機神犬嘴巴張得大大的，差點沒被嚇死。

小橘不愧是隻淡定貓，危急之際，牠還能冷靜的提醒弟弟小白：「小心，不要被牠纏住！還記得我們小時候練過的那招嗎？」

小橘使個眼色，小白就明白了，牠趁蛇老大還來不及捲住牠時，開始在原地繞圈圈……

「這是我們小時候時常練習的追尾巴神功！」小橋一邊咬著鼠老大的尾巴，一邊加入小白繞圈圈的行列——牠追起了蛇老大的尾巴！

直升機神犬眼睛一亮，也加入了戰局：「這……這招我小時候也練過耶！」

「讓我們合體吧！」直升機神犬也來湊一腳，追起了小橋的尾巴。

鼠老大和蛇老大繞圈圈繞得頭腦發昏，直升機神犬卻還發動牠的螺旋槳尾巴，增加了推進力，牠一把撞上了小橘的屁股，小橘咬著鼠老大撞上了蛇老大的屁股，蛇老大咬著貓尾巴撞上了小白的屁股，小白怕被螺旋槳尾巴捲進去，施展了「喵喵洗臉拳」，撞上直升機神犬的屁股……

牠們在原地繞圈圈，越繞越快、越繞越快，繞出了一陣龍捲風。

兩貓一犬一蛇一鼠
全飛上了天，飛出了
神祕小學，飛越了
神祕小鎮，飛進了
神祕的中央山脈。

直升機神犬把昏倒的鼠老大和蛇老大丟在山裡，警告牠們要靠自己的力量維生，別再進學校偷東西，傳染病菌給小朋友。

「對了，小白，剛剛我明明看到蛇老大的毒牙咬住了你的尾巴，為什麼你會沒事呢？」直升機神犬覺得很好奇。

小白和小橘對望了一眼，笑著說：「蛇老大咬中的是我的假尾巴啦！因為我出生時尾巴就短了一截，覺得有點自卑，又羨慕小橘哥哥尾巴長，因此我就在短尾巴上加裝了一截假尾巴——這招『斷尾求生』，也是從壁虎先生那兒學來的！」直升機神犬這才恍然大悟。

校犬和校貓又合力施展「追尾巴神功」，乘著發功形成的龍捲風回到學校。

天快亮了，忙了一整晚的牠們，到此刻，已經累得半死，好不容易可以休息，彼此道了晚安，便去補眠了。

天亮以後，小朋友一進校門，就見到神祕校長對著三隻校犬、校貓訓話：「太可惡了！收留你們當校犬、校貓，是要你們在晚上維護校園安全，你們竟然把學校——尤其是廚房那裡——弄得亂七八糟，實在太可惡了！」

直升機神犬和小白、小橋垂著耳、低著頭，委屈萬分的挨罵聽訓。

「當英雄實在是件辛苦的事呀！不怕眼前的敵人多強……，」小白、小橋和直升機神犬無奈的異口同聲說：

「就怕同伴『狗咬呂洞賓，不識好人心』哪！」

閱讀123